बेटी सदा के लिये

समृद्धि उपाध्याय

कवितायें

बेटी सदा के लिये

समृद्धि उपाध्याय

कवितायें

पहला संस्करण : सितम्बर २०१९

ISBN : 978-93-86619-42-6

Publisher :

Anybook
G - 248 2nd Floor
Sector 63
Noida - 201301 [U.P.]
Cell : 9971698930
E-mail contactanybook@gmail.com
Website www.anybook.org

बेटी सदा के लिये : समृद्धि उपाध्याय

.

....

A poetry collection by *Samriddhi Updhyay*

Cover & Book Design : MorPankh Arts

समर्पण

कविता संग्रह की मेरी पहली कृति दादा-दादी, नाना-नानी, मां-पिता, परिवार के सभी सदस्यों, बड़े-बुजुर्गों, दोस्तों और शुभचिंतकों के साथ-साथ नारी शक्ति को समर्पित

जिंदगी यूं जाया ना कर दूं

मैं जैसे-जैसे उम्र की दहलीज पार करती जा रही हूं, जिंदगी को समझने की कोशिश और जटिल होती जा रही है । मैं उस नकारात्मक रूढ़ीवादी सामाजिक ताने-बाने से निकलने की कोशिश कर रही हूं, जो प्रगतिशील समाज के लिए कुछ हद तक घातक है । मैंने माता-पिता, बड़े बुजुर्गों के सम्मान के साथ नारी शक्ति और उसकी अस्मिता पर होने वाले हमलों के खिलाफ अपनी कविता के माध्यम से आवाज उठाने की कोशिश की है । अपनी कविता के जरिए मैंने समतामूलक समाज की अवधारणा पर जोर दिया है । पर्यावरण के प्रति जागरूकता के साथ कन्या भ्रूण हत्या जैसे विषय को अपनी कविता में जगह देकर मैंने समाज के उस तबके को आगाह किया है, जो बेटियों को बोझ समझते हैं । मैंने अपने पापा की कुछ कविताओं को अपनी कविता संग्रह में जगह दी है जो मुझे अत्यंत प्रभावित करती हैं । मेरा राजनीति के पुरोधा और देश के पूर्व प्रधानमंत्री स्वर्गीय श्री अटल बिहारी वाजपेयी जी की कविताओं से बेहद लगाव रहा है । मैंने अपने प्यारे अटल जी को अपनी कविता के माध्यम से श्रद्धांजलि दी है ।

- समृद्धि उपाध्याय

अनुक्रमणिका

कवितायें

1. प्रभु तुझको शत् शत् नमन — 10
2. तुझसा ना कोई मां — 12
3. दिल तो बस एक है — 13
4. मां होती है महान — 14
5. आस — 15
6. मातृ सम्मान — 16
7. खाली हाथ — 17
8. बेटी सदा के लिए — 18
9. मैं और मेरे पापा — 20
10. भ्रूण हत्या — 22
11. ''मैं देश हूँ'' — 24
12. वक़्त — 26
13. कब्र — 27
14. यही सोचता मैं दहलीज पर खड़ा था — 28
15. सर्व-मंगलम् लोकतंत्र — 29
15. आज़ादी के मायने — 30
16. ये घर मेरे सपनों का — 32
17. ईद — 34
18. खोखला समाज — 35
19. पहचान — 36
20. मौसम जो चुनावी हो गया है — 37
21. मित्र की मृत्यु — 38
22. पतझड़ सावन साथ-साथ — 42
23. ऊन के गोले — 44
24. सत्य की बुनियाद — 45
25. शब्दों का ये जाल नहीं — 46

26. पतंग बनाम मानव — 49

27. कौतुहल — 52

28. सौदागर — 54

29. फिर क्यों कहते देश महान — 57

30. गरीब की पहचान — 58

31. गरीबी की भाषा — 60

32. पागल — 62

33. ईमानदारी का कसक — 64

34. अब जीता हूँ तब जीता हूँ — 68

35. ना नर है ना मादा — 70

36. साथ साथ में आप चलें और साथ साथ में प्रकृति — 72

37. पतझड़ उजाड़ बंजर — 74

38. धरा और गगन का प्यार — 76

39. पूस की ठंड — 78

40. सदा बना रहे तेरा नाम — 80

41. बचपन — 81

42. वर्तमान — 82

43. गर्दिश में अकेला — 83

44. बातों में हमें ना उलझाओ — 84

45. मैंने सदैव तुम्हें सिसकते देखा — 86

46. आतंकवाद — 90

47. प्राण — 91

48. खुली किताब — 92

49. सावन की यादें झूलों पर — 94

50. इन्द्रधनुषी से ख्वाब — 96

51. बेइंतहा — 98

52. तेरी आंखें — 100

53. तेरी औकात क्या है बंदे — 102

54. तनहाई के उस आलम में — 105

55. अटल अटल थे — 106

प्रभु तुझको शत् शत् नमन

प्रभु तुझको शत् शत् नमन,
प्रभु तुझको शत् शत् नमन।

तू चाहे जितना दूर रहे,
लेकिन मैं तेरे पास रहूं,
तेरे चरणों में देव सदैव,
बन कर तेरा दास रहूं।

बनी रहे तेरी जग पर कृपा,
तुमने ही सबको शक्ति दी,
इस धरा पर तूने रहने की,
धैर्य-विवेक सदबुद्धि दी।

तू उतना ही जरूरी है,
जितना जीने के लिए पवन,
मैं कण-कण में तुझको पाऊं,
मेरा तन-मन तुझको अर्पण।

मेरा जीवन प्रभु तेरा है,
मुझ पर बरसाओ कृपा दृष्टि,
तुम हो जग के पालनहारा,
तुमसे ही है ये लोक-सृष्टि।

तेरी ही कृपा से मुझे आज,
है मिली कर्म-धर्म की शक्ति,
सत्य है केवल तू ही तू,
और मेरी तुझमें अपार भक्ति।

मैं तो बस एक काया हूँ,
मेरा सब कुछ तुझको अर्पण,
प्रभु तुझको शत् शत् नमन,
प्रभु तुझको शत् शत् नमन ॥

- समृद्धि उपाध्याय

तुझसा ना कोई मां

छाती सूख चुकी थी फिर भी स्तनपान जारी था,
मां और बच्चे दोनों के लिए, ये पड़ाव भारी था,
खुद मां ने सुबह से मुंह में, निवाला नहीं डाला था,
बस कोख की खातिर, उसने अपना पेट पाला था।

मानो उसने कोख से संतान नहीं, बेबसी पैदा की थी,
अपनी लाचारी-गरीबी के संग, तंगहाली पैदा की थी,
उसे मालूम था वो खुद का पेट पाल नहीं सकती थी,
पर स्त्रीत्व बोध के आगे, वह भाग नहीं सकती थी।

अब छाती में दूध की जगह, बस खून उतरना बाकी था,
खुद के जीने के लिए उसे, कुछ खास गुज़रना बाकी था,
जब जिंदा रहेगी तभी तो, बच्चे को पाल-पोस पाएगी,
वर्ना खुद तो मरेगी ही, बच्चे की भी सांस टूट जाएगी।

यही सोचते हुए मैं खुद से, मायूस और शांत खड़ा था,
मेरे बगल में एक अभिजात्य वर्ग का कुत्ता पड़ा था,
कुत्ते की मालिकिन कुत्ते के लिए, बिस्कुट ले रही थी,
बेबस मां कभी कुत्ते को, कभी बच्चे को घूर रही थी।

- समृद्धि उपाध्याय

दिल तो बस एक है

खिलखिलाती धूप, और खिलखिलाता चेहरा
याद आता है मुझे वो खुशनुमा रूमानी पहर

जिंदगी भर याद मुझको रहोगी तुम इस कदर
कैसे भूलूं मैं तुम्हारा जन्नती और नूरानी शहर

तुमसे जब मिला था, खास था वो दिन
बेताब हुस्न तेरा, सच ढा रहा था कहर

क्या नशा था आंखों में, लब पे मानो जाम
जुल्फों की वो खुशबू, वो खुशनुमा थी शाम

नजरों से ओझल हो ना जाए, है यही परवाह
तेरे दिल में तू है, पर तू है हजारों का ख्वाब

-सूर्य कुमार उपाध्याय

मां होती है महान

नौ माह कोख में,
पालती एक जान,
रक्तबीज वाहिनी से,
अंकुरित करती जान,
संवेदना की वेदना से,
सिंचती रहती वो प्राण,
कहते हैं जिसे मां,
वह होती है महान।

स्त्रीत्व पाने के लिये,
नौ माह वह ढोती है,
प्रसुति की पीड़ा में भी,
खुशी से वह रोती है,
खतरे में डाल जान,
डालती भ्रूण में जान,
कहते हैं जिसे मां,
वह होती है महान।

जाने किन हालातों में,
हमें पालती है वो,
वो सोचती है सांसों की,
सदा जलती रहे लौ,
बलवती हर इच्छा को,
कर देती है वो कुर्बान,
कहते हैं जिसे मां,
वह होती है महान॥

- समृद्धि उपाध्याय

आस

पत्थर और चट्टानों से,
बंजर जमीं से जब भी गुजरा,
हरियाली की आस रही।

जिंदगी की जद्दोजेहद से,
कभी ना हारा मेरा तन-मन,
कुछ करने की आस रही।

बहते जल को किसने रोका,
हवा-धूप को किसने छेका,
आजादी की आस रही।

धार सोच की कुंद न होगी,
धार कलम तो मंद न होगी,
कुछ लिखने की आस रही।

जीवन का है अंत मरण,
कर न सकेगा कोई हरण,
फिर भी जीने की आस रही।

चंदन के फलकों के संग-संग
फूलों में गूथा जाऊं,
इसकी कभी न आस रही।

-समृद्धि उपाध्याय

मातृ सम्मान

चांदनी सी शीतल,
गंगा सी है निर्मल,
तपिश भी सूरज सी,
शांत और उतश्रृंखल।

जग की पालनहारा,
सृष्टि की जननी,
कभी दुर्गा कभी काली,
कभी सीता सावित्री।

वो बेटी वो मां है,
बहन भी है पत्नी भी,
कुल की मर्यादा उससे,
सब सूना उसके बिन।

है परवाह किसी को,
उसकी इज्जत की,
होती तो फिर क्यों,
लुटती अस्मत नारी की।

अब सोच बदलनी होगी,
समाज बदलना होगा,
सर्वोपरि नारी सम्मान,
ये कर्तव्य समझना होगा॥

- समृद्धि उपाध्याय

खाली हाथ

जब मैं बिछाता हूँ शब्दों के चादर,
और अलंकारों से अपनी खाट सजाता हूँ,
फिर बिस्तर पर लेटे लेटे अचानक मैं,
अपनी प्रियतमा के पास चला जाता हूँ।

ऐसा लगे जैसे वो मेरे करीब से,
मुझको छूकर दूर चली जाती है,
मैं हवाएं टटोलता रह जाता हूँ,
पर मेरे हाथ वो नहीं आती है।

शायद मैंने उसे महज एक अदद,
मन बहलाने का खिलौना माना था,
वो मुझको भीतर तक पढ़ चुकी थी,
लेकिन मैं ही उसे अधूरा पढ़ पाया था।

उम्र के एक पड़ाव पर अकेला पाकर,
मुझे जाने क्यों ऐसा अहसास हुआ,
उसने दुनिया नहीं मुझे छोड़ा था,
ऐसा मुझे अचानक आभास हुआ।

- सूर्य कुमार उपाध्याय

बेटी सदा के लिए

कभी वो मेरे, कभी मैं उसकी,
आंखों से खेलते हैं,
एक-दूसरे के नजरिए से हम,
दुनिया को देखते हैं,
अच्छा लगता है, खुशी होती है
दुलार आता है,
और जब वो खिलखिला कर हंसती है,
तो और प्यार आता है ।

नन्हें हाथ और पावों को छूकर,
सुकून मिलता है,
उसका मासूम चेहरा देख जीने का,
जुनून मिलता है,
उसकी इठलाती, इतराती बकैयां से,
अहसास होता है,
अपना भी बचपन ऐसे ही गुजरा होगा,
आभास होता है ।

अभी तो इतनी सी है और इतना प्यार,
देती है वह मुझे,
जब बड़ी होगी तो जाने कितना दुलार,
बेटी देगी मुझे,
मेरी जिंदगी की अहम कड़ी है मेरी बेटी,
घर की लक्ष्मी जो है,
मेरे जीने का एक सहारा है मेरी बेटी,
घर की घड़कन जो है,

अभी तो पालने में है, जब बड़ी होगी,
अपने पांव पर खड़ी होगी,
मां-बाप का नाम करेगी रौशन एक दिन,
कुल की अहम कड़ी होगी,
तैयार रहता हूँ मैं उसकी खातिर,
हर एक सजा के लिए,
मेरी सोना, मेरी हीरा है,जाने क्या क्या है,
बेटी है सदा के लिए ।

- समृद्धि उपाध्याय

मैं और मेरे पापा

पापा और मैं एक दूसरे से,
रोज लड़ते-झगड़ते हैं,
पापा ने समय पर दवा नहीं ली,
तो मैं उन्हें डांटती हूँ,
मैंने अगर कोई गलती की तो,
उनकी नजरों से भागती हूँ ।

पापा के आखों में होते हैं,
मेरे लिए लाखों सवाल,
घर में घुसते ही पूछते हैं,
मम्मी से मेरा हाल,
फिर वो मुझे प्यार करते हैं,
सहलाकर मेरे गाल ।

मैं उनकी थकान को देखकर,
उनका सिर सहलाती हूँ,
सिर सहलाते-सहलाते मैं उनकी,
गोद में बैठ जाती हूँ,
फिर मैं उनकी मूछों को छेड़कर,
उनसे प्यार जताती हूँ ।

मम्मा पापा को पानी पिलाती हैं,
पापा सुस्ताने लगते हैं,
फिर मम्मी-पापा एक दूसरे से,

आपबीती सुनाते लगते हैं,
उनकी जब मुझ पर नजर जाती है,
वो मुझे खिलाने लगते हैं,

मैंने पढ़ा है पापा की आंखों को,
टटोला है उनका मन,
मुझे लेकर संजीदा रहते हैं पापा,
निहारते हैं मेरा बचपन,
उनका जिगर हूँ, उनकी जान हूँ,
चाहे लाख करूं नटखटपन ।

पापा मुझे प्यार से गुनगुन बुलाते हैं,
मैं भी उन्हें बापू पुकारती हूँ,
पापा जब देर से ऑफिस से आते हैं,
मैं उनका इंतजार करती हूँ,
जैसे ही रात को पापा घर में घुसते हैं,
मैं राहत की सांस लेती हूँ ।

अब मेरे पापा कुछ थके-थके लगते हैं,
मैं भी अब बड़ी हो रही हूँ,
मेरी लंबाई मम्मी के बराबर आ गई है,
मैं आठवीं में पढ़ रही हूँ,
मम्मी-पापा का सहारा बन सकूं इसलिए,
अपने पैरों पर खड़ी हो रही हूँ ।

- समृद्धि उपाध्याय

भ्रूण हत्या

कोख ने औजार से रोते हुए पूछा,
गर्भ गिराने से तुम्हें डर नहीं लगता,
मेरे भ्रूण को अपने हाथों मारने वाले,
क्या तेरा ईमान कभी नहीं जगता,
औजार ने बड़ी मासूमियत से कहा,
जीव को निर्जीव करना महापाप है,
लेकिन मैं तो एक साधन मात्र हूँ,
भ्रूण का कातिल इसका अपना बाप है।

कोख ने औजार की ओर गौर से देखा,
वो औजार की बात सुनकर हैरान थी
कुछ देर में औजार गिरा देगा उसका भ्रूण,
इस बात को लेकर वह बेहद परेशान थी,
कोख ने अतीत के उन पन्नों को पलटा,
जब उसका भावनात्मक तौर पर शोषण हुआ,
और उस शोषण से हुए अंकुरित बीज का,
गर्भ में रक्त संचार के साथ पोषण हुआ

गर्भ किसी की दरिंदगी का शिकार हो गई थी,
वह भगोड़े मानसिकता के कब्जे में आ चुकी थी,
वह बहुरुपिए की शक्ल में हैवानियत के आगे,
डर कर अपना कौमार्य समर्पण कर चुकी थी,
इसी बीच भ्रूण ने कोख को आवाज लगाई,
औजार से कहना आहिस्ता से ले मेरी जान,
मरते-मरते मेरे मुंह से निकलेगी बद-दुआ,
भ्रूण हत्या करने वालों को कभी ना हो संतान

- समृद्धि उपाध्याय

''मैं देश हूँ''

ठहराव नहीं मैं धारा हूँ,
मस्त मगन जो बहती है,
राह में जो भी मिले हमें,
संग लिए चलो ये कहती है।

एक सूत्र में बंधा ये देश,
खंडित ना हो पाएगा,
नापाक इरादों वाला खुद,
खंडित-खंडित हो जाएगा।

गंगा-जमुनी की धरती है,
सर्वधर्म सद्भाव का देश,
बख्शेंगे नहीं उसको हम,
जो फैलाएंगे देश में द्वेश,

ये धरती है उन वीरों की,
जो झुकते नहीं झुकाते हैं,
नेस्तनाबूत हो जाते वो,
जो हमकों आंख दिखाते हैं।

हम संन्यासी, हम साधु हैं,
रग-रग में अपने देशभक्ति,
फूलों के जैसे कोमल हैं,
तो चट्टानों से भी हैं सख्त।

हम मानवता के रक्षक हैं,
विश्व शांति है अपना मूल,
लेकिन कमजोर नहीं है हम,
दुश्मन को चटा देते हैं धूल।

शून्य से शुरू किया सफर,
दुनिया को याद दिलाते हैं,
युद्ध नहीं है अंतिम सच,
हम बार-बार दोहराते हैं।

तुम एटम-एटम कहते हो,
हम बम-बम भोले कहते हैं,
तुम हथियारों से लड़ते हो,
हम कुविचारों से लड़ते हैं।

अपनी झोली में क्षमादान,
लेकर हाथों में टहलते हैं
वो बंदूकों को हाथ लिए,
फिर भी वो हमसे डरते हैं।

हम बुद्ध हैं हम नानक हैं,
हम संत कबीर हैं महावीर,
लेकिन जब जंग करोगे तो,
ना छोड़ेंगे, तुम्हें देंगे चीर

हम नेहरू हैं हम गांधी हैं.
हैं पटेल सरीखे लौहपुरुष,
बस देश बढ़े और बढ़ता रहे,
इससे हमें मिलता आत्मसुख

- समृद्धि उपाध्याय

वक्त

वक्त ना ही रूकता है ना ही ठहरता है
लेकिन जो लोग वक्त को समझने में देर कर देते हैं
वक्त उनके रास्ते बड़ी बेदर्दी से रोक देता है

वक्त लिखता बहुत कुछ है पर खुद नहीं पढ़ता
लेकिन जो लोग वक्त को पढ़ने में गलती कर बैठते हैं
वक्त उन्हें बड़े ही तरीके से सबक पढ़ा देता है

वक्त चढ़ता है, फिर उंचाइयों से ढलता भी है
लेकिन जो लोग खुद को वक्त में ढाल नहीं पाते
वक्त ऐसे लोगों को किनारे भी लगा देता है

वक्त से लड़ना, उलझना समय बर्बाद करना है
लेकिन जो लोग वक्त से लड़कर विजेता बनते हैं
वक्त ऐसे लोगों को हमेशा सलाम करता है

- समृद्धि उपाध्याय

कब्र

आंख खुली तो अपने को कब्र में पाया,
मुझे पता नहीं चला मैं कैसे यहां आया,
क्या करूं मुझे कुछ समझ में नहीं आया,
मैं कैसे इस दो गज कब्र में आ समाया।

जिंदगी ने मुझे अच्छा रास्ता दिखाया,
तो मौत ने मुझे कब्र में लाकर लिटाया,
दरअसल, ये दुनिया दलालों से भरी हुई है,
इंसानियत अब पूरी तरह से मरी हुई है।

यहां कत्ल और आत्महत्या आम बात है,
लोगों के पूरी तरह मर चुके जज्बात हैं,
मानवता तो दिनों-दिन मरती जा रही है,
वहीं हैवानियत लगातार बढ़ती जा रही है।

इस जहां में अब नेक इंसान नहीं रहते हैं,
भगवान भी डर जाए, ऐसे शैतान रहते हैं,
हैवानियत की आग में मैं भी जल गया हूँ,
अंधेरी दुनिया से मैं बाहर निकल गया हूँ।

दुनिया से दूर जा रहा हूँ मुझे अब अलविदा कहो,
दुआ करता हूँ भगवान से तुम कभी ना ऐसे मरो,
क्योंकि इस जालिम दुनिया में दोनों तरफ खाई है,
ये वही कब्र है जो जीवन की आखिरी सच्चाई है।

- समृद्धि उपाध्याय

यही सोचता मैं दहलीज पर खड़ा था

सुहाग के जोड़े का पहला सहवास,
प्रसव की वेदना का पहला अहसास,
पीड़ादायक बड़ा था,
यही सोचता मैं दहलीज पर खड़ा था।

रेत पर चलने से ताप का अहसास,
स्त्री के चरित्र पर लगा दाग,
ना मिटने पर अड़ा था,
यही सोचता मैं दहलीज पर खड़ा था।

पथिक के मंजिल का पहला पड़ाव,
बहते हुए जल का, पहला ठहराव,
जिज्ञासा से भरा था,
यही सोचता मैं दहलीज पर खड़ा था ।

अपराधबोध से जुड़े विष का घूंट,
जिंदगी में बोला गया पहला झूठ,
यूं तो सच से बड़ा था,
यही सोचता मैं दहलीज पर खड़ा था ।

मां-बाप के प्रति सेवा का आदर भाव,
पारिवारिक कर्तव्यों का पूर्ण निर्वाह,
मैं इससे कब डरा था,
यही सोचता मैं दहलीज पर खड़ा था।

- सूर्य कुमार उपाध्याय

सर्व-मंगलम् लोकतंत्र

गीत सुमंगल पावन मंगल,
अभिनंदन हो लोकतंत्र,
नया ओज नई ऊर्जा शक्ति,
सर्व मंगलम् लोकतंत्र।

जन-जन की सुख समृद्धि,
सुखमय भरा हो लोकतंत्र,
खुशियों के संग नया सवेरा,
उमंग भरा हो लोकतंत्र।

उम्मीदों से सजी हुई,
बहुरंगी हो लोकतंत्र,
नई सुबह की नई आस,
पल्लवित हो लोकतंत्र।

शहद से ज्यादा मीठा,
स्वाद भरा है लोकतंत्र,
जन-गण-मन की धड़कन,
है खुली सांस ये लोकतंत्र।

गोरों से नाता टूटा जब,
महसूस किया ये लोकतंत्र,
गीत सुमंगल पावन मंगल,
आजाद सोच है लोकतंत्र॥

- समृद्धि उपाध्याय

आज़ादी के मायने

आज़ादी का दिन और
आज़ादी के मायने,
कहीं खाने को रोटी नहीं,
कहीं फल-फूल रहे मैखाने,
तो क्या यही हैं,
आज़ादी के मायने।

कभी बहनों से
बंधवाते हैं स्नेह की राखी,
तो कभी इन्हीं की,
इज्जत नहीं छोड़ते बाकी,
तो आखिर क्या है,
आज़ादी के मायने।

आज़ाद सोच या
उन्मुक्त स्वतंत्र विचार,
या राजनीति की कीचड़,
और व्यवस्था में भ्रष्टाचार,
तो क्या यही है,
आज़ादी के मायने।

बदल दो ताजो-तख्त और
बदल दो पूरी व्यवस्था,
सोचने को बचा ही क्या है,
पानी महंगा, खून है सस्ता,
कंस-रावण को सिखा दो
आज़ादी   के   मायने।

नव सभ्य पहचान दो
देश को समाज को,
भूल जाओ कल को,
सुधार लो आज को,
तब   पता   चलेंगे,
आजादी   के   मायने।

कब   अहसास   होगा
जीने का आभास होगा,
खुली   आबो-हवा   में,
सांस लेने की आज़ादी,
मादरे   वतन   में,
अभिव्यक्ति की आजादी ॥

-समृद्धि उपाध्याय

ये घर मेरे सपनों का

(1)

ये घर है
मेरे सपनों का
मेरी उम्मीदों और अंकुरित
बीजों से निकले
कोमल लेकिन पुष्ट
सुंदर सलोने पौधे सा
ये घर है
मेरे सपनों का

(2)

इसमें ईंट नहीं,
ना ही सरिया है
ना ही गारा और मिट्टी
इसमें अपनापन और
मेहनत का रस है
जो मजबूत है
पहाड़ों की चट्टानों सा
ये घर है
मेरे सपनों का

(3)

कल्पनाओं में था
जो अब तक मेरे
अब साकार हो गया है
इसमें छिपा है अद्भुत
और अद्वितीय प्यार
अल्हड़ और परिपक्व
पुंज बेटे के अरमानों का
ये घर है
मेरे सपनों का ॥

- समृद्धि उपाध्याय

ईद

आज का दिन है ईद का, पाउंगा मैं ईदी
सेवईयां खा कर ईदी, देगी गंगा दीदी

मेरा पड़ोसी शंकर, मेरा सबसे प्यारा साथी
गंगा दीदी का है भाई, जो है बहुत जज्बाती

अम्मी ने शंकर को, दिलाया है नया कुर्ता
कुर्ते का रंग देखा ? है मुझसे मिलता जुलता

चाचा कृष्णा मेरे दोस्त, शंकर के हैं वालिद
कहते हैं मेरे दो बेटे, शंकर और खालिद

मेरी अप्पी हिना, गंगा अप्पी की है जान
अब्बू मेरे कहते, गंगा बेटी है उनकी शान

आज का दिन है ईद का, पाउंगा मैं ईदी
सेवईयां खा कर ईदी, देगी गंगा दीदी

- समृद्धि उपाध्याय

खोखला समाज

नभ का नहीं विस्तार है यहां,
धरती का नहीं प्रसार है यहां,
तारों का नहीं जमघट है यहां,
अगर जाएं तो जाएं कहां।

अचल-सकल का खेल है यहां,
शासन-शासक का मेल है यहां,
स्वर्ग सा भाता जेल है यहां,
अगर जाएं तो जाएं कहा।

हरि-हरि का प्रेम है यहां,
झूठे-सच्चे का स्नेह है यहां,
हर भुजंग का क्षेम है यहां,
अगर जाएं तो जाएं कहां।

हर कीड़े के घर हैं यहां,
हर मानुष के पर हैं यहां,
हर पापी अमर है यहां,
अगर जाएं तो जाएं कहां।

- समृद्धि उपाध्याय

पहचान

हर शख्स की अपनी पहचान होती है,
हर औलाद मां-बाप की जान होती है,
हर पथिक के अपने मुकाम होते हैं,
हर दीवारों के भेदी कान होते हैं।

हर तीर के अपने निशाने होते हैं,
हर झूठ के सौ बहाने होते हैं,
हर सफलता की एक कहानी होती है,
हर मुसाफिर की अपनी रवानी होती है।

हर तूफान का अपना सबब होता है,
हर पुजारी का अपना रब होता है,
हर सुबह की नई आस होती है,
हर मोहब्बत की कसक खास होती है।

हर नदी का कोई किनारा होता है,
हर डूबते को तिनका सहारा होता है,
हर नाव की अपनी कश्ती होती है,
हर समूह की अपनी बस्ती होती है।

हर कहानी की अपनी सीख होती है,
हर समाज की अपनी रीत होती है,
हर मर्ज की एक खास दवा होती है,
जिंदगी के लिए जरूरी हवा होती है।

- समृद्धि उपाध्याय

मौसम जो चुनावी हो गया है

कल तक जो देश शांत था,
आजकल सियासी हलचल आ गई है,
खद्दरधारियों की आवाजाही बढ़ गई है,
दीवारें रंगीन दिखने लगी हैं,
आखों में उम्मीदें फिर जग गई हैं,
मौसम जो चुनावी हो गया है।

कल तक जो देश शांत था,
आजकल आरोपों के स्वर सुनाई देते हैं,
नुक्कड़ों पर चर्चाएं बढ़ गई हैं,
किसी ना किसी से सबको आस है,
बदलाव की बयार दिखती है,
मौसम जो चुनावी हो गया है।

कल तक जो देश शांत था,
आजकल वादों का दौर चल निकला है,
अवसरवादियों की बाढ़ आ गई है,
दल बदलुओं के पौ बारह हो गए हैं,
जीतने हारने के लग रहे हैं सट्टे,
मौसम जो चुनावी हो गया है।

- समृद्धि उपाध्याय

मित्र की मृत्यु

मरने की उसके खबर मिली
मित्रों में खलबली मची
दुख भरी बात का हुआ प्रसार
मिल कर जाने का हुआ विचार

सबकी आखों में आंसू थे
और नजरों में था संदेह भरा
कैसे गिर सकता वो वृक्ष भला
जो हृष्ट पुष्ट हो हरा-भरा

सुन कर ना विश्वास हुआ,
संग उसके पक्षाघात हुआ,
हम मित्रों को मानों जैसे,
एक मरणसन्न आघात हुआ

उसका मरना मानो जैसे,
खुली आंख का सपना था,
सबमें प्यारा वो हंसमुख था,
मानों जैसे वो अपना था।

इतनी जल्दी उसे बुलावा,
ये कैसे हो सकता है,
ऊपर वाले की मर्जी पर,
भला जोर कहां चलता है।

मृत्यु की खबर जब घर पहुंची,
पत्नी अचेत बच्चे असहाय,
सब जोर-जोर से रोने लगे,
तपते सूरज में हाय-हाय।

शोक सभा मरने की हुई,
उसके जीवन की चर्चा हुई,
सबने उसका गुणगान किया,
अर्थी पर माल्यादान किया।

अर्थी को कंधा देना हुआ,
अनुजों का अर्थी लेना हुआ,
उठी अर्थी जब द्वार हटी,
सबकी आंखें थी फटी-फटी।

पिता का आंसू अंगारा था,
सबमें उनको वह प्यारा था,
मां के आंसू थमते नहीं,
ऐसे लाल कभी मरते नहीं।

बेहोश पड़ी थी उसकी बहना,
अब तो सब कुछ था सहना,
सभी परिजन उदास पड़े थे,
सभी शोकागुल स्तब्ध खड़े थे।

जब अर्थी द्वार से आगे बढ़ी,
मां फफक-फफक कर आगे बढ़ी,
बिलख-बिलख कर भाई रो पड़ा,
नहीं मेरा भैया नहीं मरा।

शव यात्रा आगे बढ़ती रही,
राम नाम सत्य कहती रही,
बढ़ रहे थे सब शमशान घाट,
डोम राजा जोह रहा था बाट।

मुखाग्नि देनी थी अनुज को जो,
सबसे प्यारा था अग्रज वो,
हाथों में उसके मानो कंपन था,
सच भाई तो कोरा दर्पण था।

भाई को उसने मुखाग्नि जो दी,
पंडित ने डाली चिता में घी,
धू-धू कर के चिता जली,
जली आज एक हस्ती जली।

पिता पित्र को, पुत्र पिता को,
विदा किया जैसे जिंदा हो,
अंतिम दर्शन उसका था आज,
मिलने की अब नहीं थी आस।

धीरे-धीरे सब छंटने लगे,
संख्या में अब घटने लगे,
दो-चार बचे थे भीड़ में अब,
दुख में डूबे थे अब तक सब।

अस्थिकलश में पड़ी थी राख,
मित्र की मेरे अंतिम साख,
मंत्रोच्चारण हुआ समाप्त,
हुई मोक्ष की उसको प्राप्ति।

जब हर कोई चला गया,
तब मुझसे ना रहा गया,
मैं उसकी चिता के पास गया,
बोला हे ईश्वर! तुम्हें नहीं दया।

मेरी आंखें थी भर आई,
सोचा क्यों मौत उसे आई,
मानो तभी एक आवाज हुई,
मुझको तनिक आभास हुआ।

जैसे वो चिता से बोल रहा,
जीवन दो दिन का उसने कहा,
तुम क्यों रोते हो मित्र मेरे,
मैं तो बसा हूँ दिल में तेरे।

तुम झूठी चिंता करते हो,
मैं सचमुच में हूँ मरा नहीं,
तुम क्यों मरने से डरते हो,
मैं तो मरने से डरा नहीं।

काम तुम ऐसा कर जाना,
जो काम किया ना है कोई,
मर कर भी जिंदा रहो सदा,
ना भूल सके तुमको कोई॥

- सूर्य कुमार उपाध्याय

पतझड़ सावन साथ-साथ

पतझड़ सावन साथ साथ में,
कभी ना आए हो सकता है,
सतयुग कलयुग साथ साथ में,
चल सकते हैं, हमने देखा,
जमीं आसमां साथ साथ में,
कभी ना मिले, हो सकता है,
दुर्जन-सज्जन पास-पास हों,
कभी नहीं ये हो सकता है
अंधकार को तेज चमक से,
हाथ मिलाते हमने देखा।

सुंदर बालाओं सी आशा,
अंधा कर देती है मन को,
सोचे जो भी काम अभी तक,
ख्वाब रहे सपनों में सज कर,
उन ख्वाबों को मैंने अब तक,
कभी ना पूरा होते देखा,
पतझड़ सावन साथ-साथ में,
कभी ना आए हो सकता है,
सतयुग कलयुग साथ साथ में,
चल सकते हैं, हमने देखा।

छत भी नहीं छिपाने का सिर,
खाने की भी आस नहीं,
भूख प्यास से तड़प-तड़प कर,
मर जाएंगें सब बेचारे,

ये दे देंगे मौत तुम्हें पर,
जीवन देते कभी न देखा,
पतझड़ सावन साथ-साथ में,
कभी न आए हो सकता है,
सतयुग कलयुग साथ-साथ में,
चल सकते हैं, हमने देखा।

एक का दुख बांटे ना दूजा
पर सुनने को बेताब रहे
सुन कर हंस कर चल देते सब
खबर बनाते हैं चर्चा की
दुखः से मन भर देते सबका
जी हल्का करते कभी न देखा
पतझड़ सावन साथ-साथ में,
कभी न आए हो सकता है,
सतयुग कलयुग साथ-साथ में,
चल सकते हैं, हमने देखा।

स्वार्थ सिद्धि की चौखट पर
चिल्लाते सब होकर अंधे
दिल से दिल को भेद-भेद कर
मार डालते देकर ठोकर
छल कपटी को इस दुनिया में
मैंने खूब उबरते देखा
पतझड़ सावन साथ-साथ में,
कभी न आए हो सकता है,
सतयुग कलयुग साथ साथ में,
चल सकते हैं, हमने देखा।

- सूर्य कुमार उपाध्याय

ऊन के गोले

वायुमंडल को छेड़ती सूरज की किरणें
धरती का रोज आलिंगन करती हैं
श्वेत ऊनी गोले की भांति रोजाना
पेड़ों को मात देती पत्तों से हरदम
इतराती हुई ताक-झांक करती हैं

किरणें जब तक चेतनायुक्त रहती हैं
तब तक हरे भरे मैदानों में खेलती हैं
जैसे ही किरणों को नींद का आभास होता है
उन तमाम ऊन के गोलों की टोली
मैदान छोड़ टीले पर आश्रय बना लेती हैं

टीले पर जाते ही ऊन के गोले मानो
कमजोर पड़ कर चैन से सो जाते हैं
तपिश भी मंद हो जाती है और साथ ही
गिरगिट की तरह रंग बदल जाता है इनका
श्वेत से गेरूआ और फिर काला

ये ऊन के गोले टीले पर जाकर खो जाते हैं
मानो पहाड़ी में जाकर कहीं सो जाते हैं
लेकिन रोज-रोज इनका ये खेल चलता है
धरती से छेड़छाड़ करती किरणें आती जाती हैं
और टीले पर जाकर कहीं लुप्त हो जाती हैं

- सूर्य कुमार उपाध्याय

सत्य की बुनियाद

सत्य की बुनियाद पर,
ईमानदारी की ईंट से,
जिसने भी मुकाम बनाया,
वह कभी नहीं हारा,
ना ही वह कभी डरा,
झुकना भी ना पड़ा उसे,
ना कभी शर्मिंदा होना पड़ा,
हां, चिंता जरूर हुई जग की।

नैतिकता के बलबूते,
सु-चारित्र की बैसाखी पर,
जिसने भी साख बनाई,
वो कभी नहीं कमजोर हुआ,
ना ही वह लाचार हुआ,
उपहास का ना वो पात्र बना,
ना उसका तिरस्कार हुआ,
हां, चिंता जरूर हुई जग की।

दुख हरने की जिद ने,
सुख बांटने की इच्छा को,
जिसने भी अपनाया,
वह कभी नहीं दुखी रहा,
ना ही अवसाद ग्रस्त हुआ,
ना उसने कभी पीड़ा झेली,
ना उसकी कभी तौहीन हुई,
हां, चिंता जरूर हुई जग की।

- समृद्धि उपाध्याय

शब्दों का ये जाल नहीं

किंकर्तव्यविमूढ़ समाज,
पथ से भटकी नैतिकता,
ज्ञान बोध पर लगा है पहरा,
दम खम भरती कायरता,
शब्दों का ये जाल नहीं,
भवरों का ये घेरा है,
आगे ना जाने क्या जाने,
कितना और अंधेरा है।

गर्भवती सी इच्छाओं को,
लेकर कितना ढोएंगे,
अरमानों की चिता जलाकर,
चैन से कब तक सोएंगे,
पुष्प प्रदर्शनी नहीं यहां पर,
कांटों का ये मेला है,
आगे ना जाने क्या जाने,
कितना और अंधेरा है।

पथराई सी आंखों का गम,
बढ़ता जाए, ना हो ये कम,
नशा जो इनका भूख प्यास है,
मिटने की अब नहीं आस है,
खुली छत में बंद है किस्मत,
जीवन बहुत अकेला है,
आगे ना जाने क्या जाने,
कितना और अंधेरा है।

अपना फुटपाथ महल जैसा,
मिट्टी की लंका डर कैसा,
अपनी गंगा बरसात बनी,
अपनी छतरी आकाश बनी,
जिस्म भी अपने नंगे हैं,
सब किस्मत का खेला है,
आगे ना जाने क्या जाने,
कितना और अंधेरा है।

सूखी रोटी गंदा पानी,
फिर क्यों जीवन से हैरानी,
सूखे होंट मुंह खुले हुए,
अरमान है अपने धुले हुए,
मर जाना भी मुश्किलं है,
इसमें भी रेलम-रेला है,
आगे ना जाने क्या जाने,
कितना और अंधेरा है।

आज नहीं धर्मराज युधिष्ठिर,
ना भू पर कोई कृष्णा हैं,
दर्पण भी अब झूठ बोलता,
जीवन तो मृग-तृष्णा है,
सत्य अहिंसा बस किताबों में,
जल्लादों का यहां पर डेरा है,
आगे ना जाने क्या जाने,
कितना और अंधेरा है।

काल-ग्रहण लग जाये किसको,
कब जाने क्या किसे खबर,
उस मानव का जीना मुश्किल,
जो हो दीन और दुर्बल,
कहने को सब एक है प्राणी,
ये धोखा नया नवेला है,
आगे ना जाने क्या जाने,
कितना और अंधेरा है ॥

- समृद्धि उपाध्याय

पतंग बनाम मानव

इठलाती, इतराती, शर्माती, बलखाती
गगन को भेदती ये रंग-बिरंगी पतंग

जाने कितनी और उंचाई पाने की आकांक्षा
पतंग की यही आकांक्षा मानव को भटकाती है

मानव भी पतंग की तरह बर्ताव करता है
कम समय में उंचाई पर जाना चाहता है

और सबसे ऊपर रहने की इच्छा रखता है
मानव की उम्मीदें उड़ती पतंग की तरह

निरंतर काल्पनिक उड़ान भरती रहती हैं
पर मानव को अगर उड़ते पतंग की तरह

निर्जीवता का थोड़ा भी अहसास होता
तो वह तुरंत उंचाई नहीं पाना चाहता

मानव और पतंग में कुछ तो समानता है
जिसे मानव भी अच्छी तरह जानता है

पतंग खुद नहीं उड़ता, इसे उड़ाया जाता है
और एक पतंग से दूसरे का अंत हो जाता है

ठीक उसी तरह मानव की महत्वाकांक्षा का
दूसरे मानव के द्वारा अंत कर दिया जाता है

पतंग के आकाश में सम्राज्य बनाने की तरह
मानव अपना सम्राज्य स्थापित करना चाहता है

अपने विरोधी के क्षेत्र में पकड़ बनाना चाहता है
आकाश मं पतंगों की लड़ाई मनोरंजन करती है

लेकिन धरती पर ये लड़ाई इंसान का सर्वनाश है
युद्ध से संसार जीतना एक भौतिकवादी प्यास है

मानव को तो पतंग से एक अच्छी सीख लेनी चाहिए
जब पतंग आकाश में दूसरी पतंग द्वारा कट जाता है

वह बेसहारा होकर जमीन पर औंधे मुंह गिरता है
या कुछ नटखट बच्चों के हाथों नोच लिया जाता है

वैसे ही साम्राज्य स्थापित करने की होड़ में मानव
अपनों के ही हाथों कटे वृक्ष सा गिरा दिया जाता है

कुछ का अपनों के द्वारा दाह संस्कार किया जाता है
तो कुछ को चील-कौओं के बीच छोड़ दिया जाता है

आपाधापी की होड़ में मानव अपनों के बीच ही कहीं
अपनों के बीच कहीं खो जाता है, लुप्त हो जाता है

काश मानव पतंग की उड़ान के संग-संग उसकी
अंत में होने वाली गति और दुर्दशा देख सीख लेता

मानवता पर अब अज्ञानता की परत जो चढ़ गई है
लेकिन पतंग की नियति पर उसको गौर करना होगा

पतंग की एक ही दिन में गगन में छा जाने की होड़
और पल भर में धूल-धूरसित होने की दर्दनाक व्यथा

मानव को सच्चाई से रूबरू कराने के लिए काफी है
सर्वोच्चता की अंतहीन लड़ाई कब किसने जीती है

चरम पर पहुंच कर गिरने की दास्तां तो एक अवसाद है
धीरे-धीरे ऊंचाई फतह करना सफलता का परम राज है

क्योंकि कटे हुए दिशाहीन पथहीन पतंग दफन नहीं होते
कटी हुई बेजान-बेजुबान पतंगों पर कभी कफन नहीं होते

बेगाना पतंग अपने अस्तित्व में खोकर कहीं रह जाता है
लेकिन एक मानव है जो कफन में दफन कर दिया जाता है ॥

- सूर्य कुमार उपाध्याय

कौतुहल

तड़पता रहा वो सड़क पर दिन भर
किसी ने नहीं सुनी उसकी मदद की गुहार
बगल में ही थे मस्जिद ,मंदिर और गुरूद्वारे
अजान, घंटियों, सबद के बीच खो गई उसकी चीख-पुकार
लेकिन मेरे लिए तो बस एक ही कौतुहल है
कौन किस पर हावी है हैवान इंसान पर या इंसान पर हैवान

जिसे छू नहीं पाएं, ना कर पाएं बात
लेकिन जिससे साझा करें अपने हर जज्बात
जिसे पूजती है सारी दुनिया देश जहान
पूरे ब्रम्हांड की शक्ति है जिनके परम हाथ
लेकिन मेरे लिए तो बस एक ही कौतुहल है
भगवान ने बनाया इंसान को या इंसान ने गढ़ा भगवान

सभी कहते हैं उसे कुकर्मी और अधर्मी
क्योंकि उसने किए हैं बहुत सारे पाप
लेकिन उन सफेदपोशों पर क्या कहना
जिन पर है भ्रूणहत्या में शामिल होने का श्राप
लेकिन मेरे लिए तो बस एक ही कौतुहल है
इस दुनिया से हैं मां-बहन-बेटियां या मां–बहन-बेटियों से है जहान

कभी छत नहीं था आज गाड़ी बंगला है

लेकिन नहीं है तो बस हरियाली की झंकार

विकास की आड़ में प्रकृति से खिलवाड़

ये विकास की जीत हुई या मानव की हार

लेकिन मेरे लिए तो बस एक ही कौतुहल है

आर्थिक संपन्नता वरदान है या प्रकृति की सुंदरता है वरदान

- समृद्धि उपाध्याय

सौदागर

वह भूत, भविष्य और वर्तमान बेचता है
वो बेईमानों को अपना ईमान बेचता है
बाजार है सजा हुआ, कुछ भी खरीद लो
वो झूठ, फरेब और उम्मीद बेचता है

खुशनुमा सुबह और हंसी शाम बेचता है
दोपहरी की धूप खुलेआम बेचता है
ये समझ नासमझ की बात नहीं है
वो कभी ठंड तो कभी बरसात बेचता है

वो खुशियों के संग-संग गम बेचता है
कभी बुजदिली तो कभी रहम बेचता है
अय्यारों के शहर में सब कुछ बिकाऊ है
वह पुण्य बेचता है कभी पाप बेचता

वह साम दंड भेद और नीति बेचता है
वह सभ्य और भड़काऊ संस्कृति बेचता है
सच-झूठ को तराजू पर माप तौल कर
कभी रफ्तार तो कभी मंदी बेचता है

वो जेठ बेचता है बैसाख बेचता है
धोखाधड़ी के साथ-साथ साख बेचता है
वो जानता है ये दुनिया गोल-मटोल है
पर तिकोना बता कर वो चौकोर बेचता है

कभी हार बेचता है कभी जीत बेचता है
जुल्म-ओ-सितम के साथ वो सीख बेचता है
उसकी नजर में हर शख्स खरीददार है
वो आत्मा के साथ-साथ जमीर बेचता है

वो वैमनस्य, घृणा और क्लेश बेचता है
वह रंजिशों से रक्तरंजित द्वेश बेचता है
दूसरों की खुशियां उसे कभी नहीं पचती
वह प्यार के रंग में बदरंग बेचता है

वो दवा के साथ-साथ दुआ बेचता है
कभी वैद्य तो कभी नीम-हकीम बेचता है
वो जानता है कि दूध सड़ चुका है
फिर भी वो फटे दूध की पनीर बेचता है

वो सुविचार और कदाचार बेचता है
व्यवहार के बहाने दुर्व्यवहार बेचता है
दुर्योधन और दु:शासन चारों ओर हैं
वो द्रौपदी की अस्मत सरेआम बेचता है

कभी गांव, कस्बा और शहर बेचता है
कभी विष, अमृत और ज़हर बेचता है
अपने कारोबार पर उसको यकीन है
कभी नाथ तो कभी यतीम बेचता है

वह जागते हुए भी नींद बेचता है
जो हो सके ना पूरी, उम्मीद बेचता है
जो भी दे दो उसको बेच लेगा वो
वो दुश्मनों के संग मुरीद बेचता है

भरोसे के साथ वो यकीन बेचता है
मिठास के संग-संग नमकीन बेचता है
संदेह से देखते हैं उसकी ओर सब
वो चरित्रवान और चरित्रहीन बेचता है

वो सादगी के साथ आवारापन बेचता है
शादीशुदा को वो कुंवारापन बेचता है
अस्मत का पुजारी किसको कहेंगे आप
वो रसूखदारों को नंगापन बेचता है

वो चिता बेचता है और कब्र बेचता है
वो क्रोध के संग-संग सब्र बेचता है
धर्म है अफीम दुनिया में जानता है वो
इसलिए तो वो घर-घर रब बेचता है

- समृद्धि उपाध्याय

फिर क्यों कहते देश महान

समय चक्र को फिर से देखो
क्या था कल और क्या है आज
इज्जत, अस्मत बीती बातें
अब तो दुर्जन करते राज

माथे की बिंदी थी पर्दा
गालों की लाली लज्जा
झुके नैन नैतिकता के थे
रल हमारे थे फर्ज़ा

मामी, बुआ, मौसी के संग
बहनों की थी लंबी कड़ी
पहरेदार पौरूषता इनकी
कभी न बैठी रही खड़ी

मां का आंचल ही मंदिर था
बड़े-बुजुर्ग ईश्वर के समान
एक कुटुंब था एक थी जाति
नहीं बिकाऊ था सम्मान

खुलेआम अब लुटती अस्मत
इज्जत उसकी जो धनवान
नैतिकता बंधक बन बैठी
फिर क्यों कहते देश महान

- समृद्धि उपाध्याय

गरीब की पहचान

आंख है अंदर, पेट है पिचका,
होंट हैं सूखे, अधर है सूखा,
गली-गली वह भटक रहा,
कई दिनों से है वह भूखा,
फटे हुए से मैले कपड़े,
अधरों में है जान नहीं,
भूख से मरते इस गरीब की,
है   कोई   पहचान   नहीं।

माथे पर चिंता की लकीरें,
फिर भी वह बेफिक्र दिखे,
दया पात्र बन कर जीने की,
ना उसमें कोई फिक्र दिखे,
इस जग से, इस दुनिया से
है उसकी कोई मांग नहीं,
भूख से मरते इस गरीब की,
है   कोई   पहचान   नहीं।

पतझड़ के मौसम सा तन है,
बंजर सी है उसकी आस,
सिवा गरीबी लाचारी के,
कुछ भी नहीं है उसके पास,
बस जी ले वह इस जग में,
है और कोई अरमान नहीं,
भूख से मरते इस गरीब की,
है कोई पहचान नहीं,

तपती धूप का है वह साथी,
जाड़े की ठिठुरन से परिचित,
दुख को भाग्य समझता अपना,
सुख से सदा रहा वह वंचित,
कटे वृक्ष सा गिरता जाए,
उसमें है अब प्राण नहीं,
भूख से मरते इस गरीब की,
है कोई पहचान नहीं॥

-समृद्धि उपाध्याय

गरीबी की भाषा

गरीबी की कोई भाषा नहीं होती,
इसकी कोई परिभाषा नहीं होती,
गरीबी जिद्दी दाग है , जो हटती नहीं,
गरीबी आराम से यूं कटती नहीं।

गरीबी तो सूरज और चांद है,
जो अक्सर दिख जाती है,
गरीबी से चलते कइयों की,
ईमानदारी भी बिक जाती है।

गरीबी की गिरेबां ने झांक कर,
हर शख्स देख सकता है,
एक गरीब ही गरीबी की,
सच्ची नब्ज टटोल सकता है।

गरीबी खुला आकाश होता है,
जिसकी कोई छत नहीं होती,
अगर कोई गरीब मर भी जाए तो,
गरीबी उसकी कब्र पर नहीं रोती।

गरीबी पर हंसना नहीं होता बुरा,
ये तो अमीरों की मानो परिहास हैं,
इनके खून से सींची जाती है अमीरी,
पर अमीरों के लिए ये जिंदा लाश हैं।

अमीरों की तो लाठी है गरीबी,
जिसे बैसाखी बना करते हैं राज,
गरीब ना हो तो फिर कैसी अमीरी,
गरीबों के बिन कैसा तख्त-ओ-ताज।

गरीबों का कोई रिश्तेदार नहीं होता,
इनके सपनों का कोई कारोबार नहीं होता,
गरीब भले ही कर दें दूसरों की मदद,
लेकिन इनका कोई मददगार नहीं होता।

- समृद्धि उपाध्याय

पागल

रास्ते में पड़े हुए कागज के टुकड़े उठाता हुआ,
धूप बरसात में नंगे पांव गलियों में दौड़ता,
खुद से अपरिचित पर दूसरों को पहचानता वो,
जिसे समाज ने कभी स्वीकार नहीं किया,
उसे कभी लाड़-प्यार-दुलार नहीं दिया,
हमारे शहर में उसे पागल का दर्जा प्राप्त है।

हर खबर से वह बे-खबर, हाल से बे-हाल,
गंधयुक्त है शरीर, बदबू करते उसके बाल,
सूखी जुबान और पिचकी हुई उसकी आतें,
चेहरे पर सैकड़ों लकीरें और धंसी हुई आंखें,
एक सूखे शरीर के उसमें सारे गुण व्याप्त है,
हमारे शहर में उसे पागल का दर्जा प्राप्त है।

वह पहले कभी ऐसा ना था, बनाया गया,
पागल पागल कह कर के उसे बुलाया गया,
समाज से बहिष्कृत, सामाजिक कार्यों से विमुख,
पागलपन से उसे नफरत, कहे किसके सम्मुख,
समाज से कटे इस व्यक्ति का मानो जीवन समाप्त है,
हमारे शहर में उसे पागल का दर्जा प्राप्त है।

देख सकता है दुनिया, पर वो बना हुआ है अंधा,
बोल सकता है सच लेकिन बन गया है बेजुबान,
समाज के आदमखोरों के बीच जिंदा रह गया,
बस इस बात का तो है उसको खूब गुमान,
इस शहर में अकेला होना ही अभिशाप्त है,
हमारे शहर में उसे पागल का दर्जा प्राप्त है।

अंधेरे में वो मौन रहता है खामोश रहता है,
उजाले से वो भड़क जाता है, बौरा जाता है,
क्योंकि रोशनी में वो देख नहीं सकता दुनिया,
बेईमानों की सबलता से वो मानो डर जाता है,
हर शातिर कलयुगी नजरें उसके लिए विशाक्त है,
हमारे शहर में उसे पागल का दर्जा प्राप्त है॥

- समृद्धि उपाध्याय

ईमानदारी का कसक

1

एक दिन मैंने अपनी ईमानदारी को
सरेआम बेचने की ठान ली
ना चाहते हुए भी मेरे दिल ने
भरे मन से मेरी बात मान ली
खड़ा हो गया शहर के नुक्कड़ पर
और लगा ली ईमानदारी की दुकान
चाय वाले के बिल्कुल करीब
जहां अक्सर आते हैं लोग काम-बेकाम

2

चाय पीने वाले लोग मेरी ओर आकर
पहले तो मेरी ईमानदारी को टटोलते-परखते
और बिना कुछ बोले ही चले जाते
मैं हैरान था, बेहद परेशान था
पूरा दिन लगा दिया ईमानदारी बेचने में
पर एक भी ग्राहक मुझे नहीं मिला
एक वो चाय वाला पानी मिले दूध से
एक दिन में हजारों रुपये कमा गया

3

मेरी आत्मा मुझे धिक्कार रही थी
क्या यही है ईमानदारी का सिला
फिर सोचा, एक चांस और लेता हूँ
कल संसद के सामने खड़ा रहूंगा
वहां तो बिक ही जाएगी मेरी ईमानदारी
खद्दरधारी इसे लेंगे हाथों-हाथ
चुनाव के वक्त उनके बहुत काम आएगी
नेता तो भुना लेंगे ही भीड़तंत्र के जज्बात

4

वैसे भी लोग नेताओं को भ्रष्ट कहते हैं
तो इनके लिए मेरा ईमान अमूल्य होगा
यही सोचकर मैं जा पहुंचा संसद भवन
सोचा संसद में ही इसका सही मूल्य होगा
बड़ा ही गुमान था खुद की ईमानदारी पर
पूरा यकीन था आज मिलेगा कोई खरीददार
लेकिन मेरे मन में ये बात लगातार आती रही
ईमानदारी भला क्यों खरीदेंगे नेता ईमानदार

5

फिलहाल मैं तमाम नेताओं को निहारता रहा
इस उम्मीद से कि वे मेरी ईमानदारी देखेंगे
इसी सोच में मेरी उम्मीदें कुंलाचे भरने लगी
जैसे नेतागण लपक कर इसे खरीद ही लेंगे
लगा कि आज मोटा माल लेकर घर जाउंगा
लेकिन मेरी सोच महज कोरी सोच निकली
एक भी नेता ने मेरी ईमानदारी को नहीं परखा
शायद मेरी ईमानदारी में ही खोट निकली

6

हद तो तब हो गई जब एक नेता ने
मुझे पास बुलाकर कुछ देर तक देखा
और फिर हंस कर मुझसे बोला मान्यवर
क्या तुमने कभी ईमानदारी का हश्र नहीं देखा
बाल पक जाते हैं, चप्पले घिस जाती हैं
सारी उम्र इस मुगालते में निकल जाती है
कि एक दिन ईमानदारी का इनाम मिलेगा
देश जहान में लोगों का सम्मान मिलेगा

7

सच तो ये है मित्रवर, ऐसा कुछ भी नहीं होता
ईमानदार व्यक्ति पर पूरा जहान है हंसता
दो बार ईमानदारी से चुनाव लड़ा मेरे दोस्त
दोनों बार मैं बुरी तरह से हराया गया
जमानत भी ना बचा सका मैं अपनी
मेरी ईमानदारी का फालूदा बनाया गया
मिट्टी पलीद हो गई चुनाव में मेरी
मुझे बड़ी ही ईमानदारी से हराया गया

8

खैर छोड़ो तुम्हारी ईमानदारी को, कीमत बताओ
एक आदमी है, खरीद सकता है तुम्हारे ईमान को
ईमानदार कहलाने का चस्का चढ़ा है उसे बहुत
ईमान बेचकर मुझे भी सबक सिखाना है उस बेईमान को
मैं स्तब्ध खड़ा गौर से उसकी बाते सुन रहा था
कड़वी लेकिन सच सुनकर मानों मैं नींद से जागा
नेता के मुंह पर अपनी ईमानदारी को उछाला
और एक बेईमान पर अपनी ईमानदारी थोप कर भागा ॥

- सूर्य कुमार उपाध्याय

अब जीता हूँ तब जीता हूँ

अब जीता हूँ तब जीता हूँ,
सब जीता हूँ जग जीता हूँ,
खुली किताबों के पन्नों में,
बंद किताबों की जिल्दों में,
जब तक ना गूथा जाऊं,
नए शब्द मैं गढ़ता हूँ।

.   .   .   .   .   .

लहराती सी लहरों में,
भीड़तंत्र के शहरों में,
छिपे हुए बहुरूपियों में,
सुरक्षा के पहरो में
जब भी खुद को पाता हूँ,
मर-मर कर मैं जीता हूँ।

.   .   .   .   .   .

कान वाले बहरों से,
पैरों वाले लंगड़ों से,
ऊंचे बैठे अमलों से,
बिन पौधे के गमलों से,
कब तक सींचू मैं उम्मीद,
इसी दंश में जीता हूँ।

.   .   .   .   .   .

अस्मत की दुकानों में,
बिकती इज्जत आनों में,
बेबस महिला थानों में,
खुला खेल मैखानों में,
मातृशक्ति की पीड़ा को,
दिल में रख कर जीता हूँ।

.   .   .   .   .   .

विकराल है भ्रष्टाचार,
अकड़ के बैठा अत्याचार,
दुबके हैं आचार-विचार,
सहमा-सहमा है सदाचार,
इस प्रपंच की दुनिया में,
मर जाता, क्यों जीता हूँ।

- समृद्धि उपाध्याय

ना नर है ना मादा

(1)

ना नर है ना मादा,
दोनों आधा-आधा,
मानो घर वालों पर,
आई एक विपदा,
सोच रहे कैसे बचे,
कुल की मर्यादा,
संकट में है परिचय,
पहचान बनी बाधा।

(2)

घरवालों के लिए,
धुला हुआ अरमान,
जबसे आया दुनिया में,
है खतरे में सम्मान,
जाने कैसी किस्मत,
खुद को माने अभागा,
संकट में है परिचय,
पहचान बनी बाधा।

बंद दीवारों किवाड़ों में,
गुमसुम उसकी काया,
हद में जद में रहना,
बचपन से ही जाना,
कहने को बहुत कुछ,
पर ना बोले वो ज्यादा,
संकट में है परिचय,
पहचान बनी बाधा॥

-सूर्य कुमार उपाध्याय

साथ साथ में आप चलें और साथ साथ में प्रकृति

साथ साथ में आप चलें और साथ साथ में प्रकृति,
पर्यावरण को हम बचाएं सब में भर दें जागृति।

हरियाली का देश ये रहे, हरा भरा सा देश ये रहे,
ना काटे हम जंगल-वन को, बनी रहे ये संस्कृति।

साथ साथ में आप चलें और साथ साथ में प्रकृति,
पर्यावरण को हम बचाएं, सब में भर दें जागृति।

वृक्षों से है जीवनधारा, दुनिया के ये पालनहारा,
वन पृथ्वी पर अमृतरूपी, है आबाद इसी से सृष्टि।

साथ साथ में आप चलें और साथ साथ में प्रकृति,
पर्यावरण को हम बचाएं, सब में भर दें जागृति।

जल और पवन जरूरी है, दोनों है प्रकृति के अनुयायी,
हरियाली है देश का सपना, पूरे जग की इस पर दृष्टि।

साथ साथ में आप चलें और साथ साथ में प्रकृति,
पर्यावरण को हम बचाएं, सब में भर दें जागृति।

पेड़ों को हम गले लगाकर, बंजर को भी दूर भगाकर,
बना दें इस सुंदर भू को, शस्यश्यामला जैसी आकृति।

साथ साथ में आप चलें और साथ साथ में प्रकृति,
पर्यावरण को हम बचाएं, सब में भर दें जागृति।

-समृद्धि उपाध्याय

पतझड़ उजाड़ बंजर

पतझड़ उजाड़ बंजर,
अब हो रहा है मानव,
टहनी बची है तन की,
खोखली गली सी।

एहसास हो रहा है,
उसको अकेलेपन का,
आभास उसको अपने,
होते बौनेपन का।

दीमक लग चुके हैं,
हर टहनी से अंग में,
अब खोखला बदन है,
हड्डी है संग में।

हो जायें कब विलीन,
मिट्टी के साथ में,
अब शेष क्या बचा है,
मानव के हाथ में।

दुर्बलता आज इतनी,
ना पत्ती तन पर फल,
गिर जाएंगे अभी हम,
ना शेष होंगे कल।

पतझड़ उजाड़ बंजर,
अब हो रहा है मानव,
टहनी बची है तन की,
खोखली गली सी॥

- समृद्धि उपाध्याय

धरा और गगन का प्यार

बादलों की गड़गड़ाहट की आवाज
भर देती है जन-जन में उल्लास
धरती को भी हर्ष पैदा होता है
उसे होती है नवीन सृजन की चाहत

परंपरागत विगत वर्षों की भांति
गगन में पवन चलती है गाती
मध्यम मध्यम सुरीले स्वर में
पेड़-पौधों को है हिलाती डुलाती

धरती का प्यार गगन से
होता है बहुत ही अगन से
एक हो जाने को लालायित
पुष्प की चाहत जैसे चमन से

धरती से मिलने को उतावला
रो देता है हर्षित बादल बावला
धरती बादल को चूमती है
हो जाती है हरित शस्य श्यामला

बादल जो देता है सौगात
धरा रख लेती है अपने साथ
फिर बादल विदा हो जाता है
छिपा नहीं पाता अपने जज्बात

मिलन का ये चक्र निरंतर
आगे भी जारी रहता है
धरा और गगन का प्यार
मौसम का आभारी रहता है॥

- समृद्धि उपाध्याय

पूस की ठंड

धूप का गोला पकड़ पकड़ कर तन से लगाता हूँ,
शायद कड़कती धूप से थोड़ी राहत मिल जाए,
इस छलावे के खेल को वर्षों से खेलता आ रहा हूँ,
और धूप की बुनी ख्याली स्वेटर से गर्मी पाता रहा हूँ।

अब कैसे पहनूं इन धूप के गर्म गोलों को,
ऊन के गोलों के फेर में शहर आ गया हूँ,
यहां छत किसी की और जमीन किसी और की,
यहां तो धूप सेकने के अधिकार भी बंट गए हैं।

शहर में ऊन की बूनी स्वेटरें तो मिल गईं,
लेकिन धूप के गर्म गोले जैसी बात नहीं इनमें,
शहर में ऊन के स्वेटर के बाद भी ठंड लगती है,
जबकि गांव की ठंड में भी गर्मजोशी रहती थी।

गांव में अपनेपन की गर्मी से मानो,
कड़क ठंड का असर कम हो जाता था,
शहर में रिश्ते ही बेमानी जान पड़ते हैं,
जो अपनेपन की गर्माहट ला ही नहीं पाते।

शहर में मेरी कमाई पता ही नहीं चलती,
ये पूंजीवादी व्यवस्था की भेंट चढ़ जाती है,
गांव की मेरी कमाई में सच सकून ज्यादा था,
शहर के मुकाबले गांव में सिरदर्द भी आधा था।

सुना था कि शहर में जाकर गांव के लोग,
धन-दौलत वाले बड़े आदमी बन जाते हैं,
इसी लालसा में मैं भी अनजान शहर आ गया,
और ये शहर मेरे घर की खुशहाली खा गया।

आज पता चला गांव का गंवार होना बेहतर है,
शहर में ठंड से मरने वाले शख्स की पूछ नहीं,
मैं वापस लौट रहा हूँ शहर से गांव की ओर
शहरों में आदमी बसते हैं हम जैसे इंसान नहीं॥

- सूर्य कुमार उपाध्याय

सदा बना रहे तेरा नाम

प्रखर तेज हो दिव्यमान हो
बनो तुम पूरे जग की शान
कार्य क्षेत्र में प्रगति तुम्हारी
तुमसे हो जग का सम्मान

स्नेह हृदय से कुछ भी ले लो
यह तुम्हारी ईच्छा पर निर्भर
चमक तुम्हारी ना हो मद्धम
बढ़ती जाए हर पल हर क्षण

तुम आए हरियाली लेकर
तुमसे मिला नया सवेरा
उदय हुआ है जबसे तेरा
कितनों को मिल चुका बसेरा

सत्य निष्ठा राष्ट्र हित
सब कुछ तुममें व्याप्त हो
यश, कीर्ति, शौर्य, नाम
जग में तुमको प्राप्त हो

दुनिया में हो शौर्य तुम्हारा
तुम पर न्यौच्छावर सौ जान
कार्य क्षेत्र में प्रगति तुम्हारी
तुमसे हो जग का सम्मान

-समृद्धि उपाध्याय

बचपन

एक सुबह थी एक दोपहरी
एक शाम थी एक थी रात
जब मिल जाते थे हम दोनों
खत्म नहीं होती थी बात

एक था खाना एक पहनना
एक सोच थी एक विचार
सुख-दुख में रहते थे संग-संग
इतना था दोनों में प्यार

दिन गुजरे और गुजरे साल
हम दोनों भी बड़े हुए
जीवन की सच्चाई के संग
अपने पैरों पर खड़े हुए

दुनिया की आपाधापी में
बचपन के रिश्ते घुलने लगे
कभी हम एक-एक ग्यारह थे
अब दो से हो गए एक भले

ये सच्चाई है जीवन की
जिसने इसको जान लिया
कलयुग इसे ही कहते हैं
हम दोनों ने अब मान लिया

- समृद्धि उपाध्याय

वर्तमान

विश्व भय से कांप रहा, ये अंधकार कैसा है,
रूप रंग और प्रसार, तृतीय विश्व युद्ध जैसा है,
हर तरफ है हाहाकार, जनमानस है सोच में,
खलनायक है हंस रहा, सब जा रहे आगोश में
कट रहे हैं नर मस्तक, सैकड़ों की लोच में
शर्म भी नहीं है आती, कब आएंगे ये होश में।

जीवन की अंतिम घड़ी, वो भी चैन न पायेगा,
जाते-जाते बर्बादी देख, वो बहुत पछतायेगा,
अब तक वो ये सोचता था, कत्लेआम करना है,
हैवानियत का इस जहां में भगवान कैसे बनना है,
इनका तो कर्तव्य है, कुछ मारो कुछ घायल करो,
जो जिंदगी से लड़ रहे, उन्हें मौत का कायल करो।

जो दे सके दो गज जमीन, ऐसा कोई शहर नहीं,
हम सोचते थे अमृत से अंत, उपाय कोई जहर नहीं,
लेकिन अमन की बात तो, महज एक भरम है,
मानवता के खिलाफ लड़ना, मानो इनका धरम है,
पर अंत तो होगा ही, बुराई का एक दिन,
नापाक इरादे हो जाएंगे, एक दिन छिन्न-भिन्न॥

-समृद्धि उपाध्याय

गर्दिश में अकेला

गर्दिश में अकेला रहूं तो अच्छा है,
तेरी खुशियों में दखल तो ना दूंगा,
तनहाईयों में तेरा साथ क्यूं लेना,
अच्छे दिन होंगे तो तुझे बता दूंगा,
फिर भी कहे ये दिल तुझे याद करूं,
तो तेरी यादों को बैसाखी बना लूंगा,
कोई पूछता है कब मिला था तुझसे,
कहता हूँ फुरसत में खबर लूंगा,
गर्दिश में अकेला रहूं तो अच्छा है,
तेरी खुशियों में दखल तो ना दूंगा॥

- सूर्य कुमार उपाध्याय

बातों में हमें ना उलझाओ

बातों में हमें ना उलझाओ
जो कहना है वो कह जाओ
हम तो तुमसे कुछ कह न सके
तुम ही हमसे कुछ कह जाओ

आवाज जो दोगे तुम मुझको
हम ऐसे उड़ कर आएंगे
बन जाएंगे घिरते बादल
तेरे ऊपर छा जाएंगे
बरसेंगे तेरे ऊपर हम
तुम छत के ऊपर आ जाओ
हम तो तुमसे कुछ कह न सके
तुम ही हमसे कुछ कह जाओ

हमको कुछ तुमसे आशा थी
पर होता नहीं जो हम चाहें
जीवन भर तुझको याद किया
फैलाए हम अपनी बाहें
हमारी बाहें हैं थक सी गई
अब तो बाहों में आ जाओ
हम तो तुमसे कुछ कह ना सके
तुम ही हमसे कुछ कह जाओ

लिखेंगे तुम्हारे ऊपर हम
एक छोटी सी कविता सुंदर
जिसमें होंगे बस हम और तुम

दो दिल होंगे उसके अंदर
हो जाएगी कविता ये अमर
तुम खुद जो पंक्ति बन जाओ
हम तो तुमसे कुछ कह ना सके
तुम ही हमसे कुछ कह जाओ

सागर सी तरह तेरी आंखें
गहराई है उसमें ऐसी
तू एक है लाख-हजारो में
पहले ना देखा तुझ जैसा
सुंदरता की तुम मूरत हो
मेरे दिल की कामिनी बन जाओ
हम तो तुमसे कुछ कह ना सके
तुम ही हमसे कुछ कह जाओ

मैंने भी देखा था सपना
जीने का साथ में मरने का
सांसों में मेरी बस जाओ
ये वक्त नहीं है झगड़ने का
हम तेरी धड़कन बन जायें
तुम हमारी धड़कन बन जाओ
हम तो तुमसे कुछ कह ना सके
तुम ही हमसे कुछ कह जाओ

- सूर्य कुमार उपाध्याय

मैंने सदैव तुम्हें सिसकते देखा

1

मैंने सदैव तुझे सिसकते देखा
रोते देखा, बिलखते देखा
क्या तेरा गम दुनिया में सबसे ज्यादा है
क्या तू ही दुनिया में सबसे बड़ा अभागा है
अरे मूर्ख! तेरे तो आंसू भी गिर सकते हैं
इन आंसुओं की धारा में तेरे दुख दर्द बह सकते हैं
जरा उन मासूमों की सोच, जो रो भी नहीं सकते
अपनी व्यथा किसी से खुल कर कह भी नहीं सकते
पर वे अपने भाग्य पर नहीं हैं बैठे
निरंतर प्रयास और मेहनत में खुद को डुबोए हैं
मेहनत उनकी आदत है, आंखों को नहीं भिगोए हैं
उनको तो नहीं सुबकते देखा
मैंने सदैव तुझे सिसकते देखा
रोते देखा, बिलखते देखा

क्या तू ही दुनिया में किस्मत का मारा है
क्या बद-किस्मती में सबसे आगे नाम तुम्हारा है
तेरी किस्मत तो कभी भी सज-संवर सकती है
और अपनी उम्मीदों पर खरी उतर सकती है
पर उन बेचारों को देख, जो नंगे भूखे प्यासे तड़प रहे हैं
सिर पर छत नहीं, फिर भी हंसते खेलते जी रहे हैं
उन्हें खुद पर भरोसा है ना कि उम्मीद पर
मस्तिष्क में अक्ल है, हाथों में जोर है
वो ना लाचार हैं, ना ही कमजोर हैं
पर उनको तो नहीं सुबकते देखा
मैंने सदैव तुझे सिसकते देखा
रोते देखा, बिलखते देखा

3

तेरी जलन किसी को जला नहीं सकती

तेरी चुभन किसी को चुभ नहीं सकती

तेरी चीख किसी को जगा नहीं सकती

तेरी आहट किसी को डरा नहीं सकती

पर गरीबी की जलन में खुद को जलते देखा है

असहाय होने की चुभन से समाज को चुभते देखा है

भूखों की चीख सबको जगा देती हैं

लाचार की आहट से लोग डर जाते हैं

उनकी रगों का खून कभी-कभी सूख जाता है

पर उनको तो नहीं सुबकते देखा

मैंने सदैव तुम्हें सिसकते देखा

रोते देखा, बिलखते देखा

4

तू समाज में अपनी प्रतिष्ठा के लिए चिल्लाता है

अपनी प्रगति में बाधक को हटाने के लिए चिल्लाता है

तेरे स्वाभिमान और अहंकार साथ-साथ चलते हैं

तेरी नजरों में सूरज-चांद साथ-साथ ढलते हैं

पर वो समाज की प्रतिष्ठा को बनाए रखने के लिए चिल्लाते हैं

समाज की उन्नति में बाधक को हटाने के लिए चिल्लाते हैं

उनमें जोश होता है अहंकार नहीं

उनके दिल मोम के होते हैं, इस्पात के नहीं

फिर भी समाज उनके लिए पत्थर दिल बन जाता है

पर उनको तो नहीं सुबकते देखा

मैंने सदैव तुझे सिसकते देखा

रोते देखा, बिलखते देखा ॥

\- सूर्य कुमार उपाध्याय

आतंकवाद

अब तो अपने साये से डर लगता है
हर पल अब मौत का पहर लगता है
जिहाद के नाम पर कत्ल करने वाले
तेरे बुजदिल इरादों से डर लगता है

हैवानियत को तुम बना कर रखैल
क्यों खेलता है मौत का खूनी खेल
तेरे भी तो होंगे मां -बाप बेटे-बेटियां
उनको भी तेरे रिश्तों से डर लगता है

तू सूरत बना कर अपनी भोली
फूल की जगह बरसाता है गोली
तेरी जुबां से क्यों निकलती है
घिनौनी, नफरत और द्वेश की बोली

तूने आतंक का ऐसा जाल बिछाया है
कि अब घर से निकलने में डर लगता है
तेरी औकात हो तो सामने आकर दिखा
हमें तो तेरे छिपे चेहरे से डर लगता है॥

- समृद्धि उपाध्याय

प्राण

अनादि से अनंत में
अनंत से शून्य में
प्राण जा के अटका है

छोड़ मोह देह त्याग
मत कर गुणा-भाग
क्यूं अधर में लटका है

सोच रहा ध्यान-मग्न
तुझसे क्या छूट गया
मन से क्यों भटका है

सासें अब छोड़ रही
दिल को मरोड़ रही
मौत एक झटका है

आंसुओं की बारिश में
भीग रहा मरणसन्न
प्यास बूझे यम की है

प्रारब्ध में लिखा था
कर्म वो भोग लिया
अब वक्त भज का है

अनादि से अनंत में
अनंत से शून्य में
प्राण जा के अटका है

- सूर्य कुमार उपाध्याय

खुली किताब

जख्म ऐसा ना दो कि बेजार हो जाऊं
किसी के कत्ल का औजार हो जाऊं

इतना भी ना रूठो कि मना भी ना पाऊं
करीब हो कर भी तेरे करीब आ ना पाऊं

बहुरूपिया ही अच्छा जो ठग गया तुमको
सोचता हूँ मैं भी कलाकार हो जाऊं

गर मुझसे नहीं करनी तुम्हें आखें दो-चार
तो क्यों ना मैं ही दुनिया से दो-चार हो जाऊं

समझौता कर लूं तुमसे या जिंदगी से
या दुनियादारी सीख लूं, समझदार हो जाऊं

बड़ी शिद्दत के बाद राजी हुआ था वो दिल
तेरे नाम की आंहें भरकर गुलजार हो जाऊं

तुम उतार लो दिल में नजरों में बसा लो
तो मैं जहां की खुशियों का अंबार बन जाऊं

सोचता हूँ कि लोग मुझे गैर ना समझे
कहें तो सबके सामने खुली किताब बन जाऊं

एक मकड़जाल है उलझे हुए बंधनों का
एक सुलझा हुआ बुना जाल बन जाऊं

जब तक हर बुराई से लड़ने का,
माकूल जवाब ना बन जाऊं

इससे पहले जालिम दुनिया हमें मारे,
इनसे निपटने का औजार ना बन जाऊं

जख्म ऐसा ना दो कि बेजार हो जाऊं
किसी के कत्ल का औजार हो जाऊं

-सूर्य कुमार उपाध्याय

सावन की यादें झूलों पर

सावन की यादें झूलों पर
बिखरी सी यादें पन्नों पर
सोच के मन भर जाता है
क्या-क्या गुजरी मेरे दिल पर

खत की वो प्यारी बातें
साथ बिताई थी जो रातें
तनहाई में खूब रूलाती
छा जाते हो जब दिल पर

आखों से यूं बातें करना
इक दूजे पर जीना मरना
जी सोचे जी भर के देखूं
तुम राज करो मेरे दिल पर

स्पर्श का वो मोहक जादू
करती थी पागल बेकाबू
तन से मिल जाए तन तो भी
मन क्यों मरता तेरे दिल पर

मैं तुझमें थी, तू मुझमें था
हर पल का यही मुकद्दर था
जिस दिन बिछड़े मेरे प्रियवर
खंजर सा चला था दिल पर

अब भूल भी जाओ सदा-सदा
याद ना कर गुजरे पल को
बस याद रखो वो चांदनी रात
जब ना था काबू दिल पर

सावन की यादें झूलों पर
बिखरी सी यादें पन्नों पर
सोच कर मन भर जाता है
क्या-क्या गुजरी मेरे दिल पर

-सूर्य कुमार उपाध्याय

इन्द्रधनुषी से ख्वाब

1

इन्द्रधनुषी से ख्वाब हैं मेरे
सात रंगों से बने
जब जलन होती है दिल में
ख्वाब मिट जाते हैं सारे
और जब रोता है ये मन
ख्वाब धुल से जाते हैं

2

तपती रेतों की लकीरों
की तरह ही ये ख्वाब हैं
पल पल बदलता है स्वरूप
बनते और बिगड़ते हैं
रूठते हैं ख्वाब मेरे
फिर मुस्कुरा भी देते हैं

3

ठहरे जल सी शांति है
तो लहरों सी उफान है
चांदनी सी शीतलता है
तो चट्टानों सी तपिश भी
ख्वाबों के हैं कितने रूप
कितने रंगों में है ये ढला

4

ख्वाबों की है दुनियादारी
इमान से ये बिकते हैं
रंग बदलते गिरगिटों से
ना ठहराव ना ये टिकते हैं
ख्वाबों की अजीब दुनिया
सुरमयी तो कभी गमजदा

5

ये ख्वाब आते ही क्यों हैं
जो असलियत से दूर हों
फिर भी डूब जाते हैं इनमें
जैसे आदतों से मजबूर हों
ख्वाबों के ताने बाने से इतर
अब सोचना होगा यथार्थ

6

जब तक हैं सांसें ख्वाब भी
बनते रहेंगे आते रहेंगे
जब सांस टूटने की करीब होगी
ख्वाब स्वतः टूट जाएंगे
शरीर के खाक में मिलते ही
ख्वाब भी खाक हो जाएंगे
इन्द्रधनुषी से ख्वाब हैं मेरे
सात रंगों से बने

- समृद्धि उपाध्याय

बेइंतहा

पता नहीं था तेरे मिलने से उफान होगा
नेस्तनाबूत कर देगा ऐसा तूफान होगा

लेकिन मैंने भी कभी हार कहां मानी है
हारूंगा भी क्यों, अभी तो मेरी जवानी है

जख्म मिलेगें तो जल्द ही भर जाएंगे
मामूली झंझावात से हम उबर जाएंगें

मुझे तो बस और बस इंतजार तेरी हां की है
लेकिन तेरी जुबां से उम्मीद मुझको ना की है

सह लूंगा हर जुल्मो-सितम तेरी खातिर मैं
तू परख तो सही, हो जाउंगा जिगर हाजिर मैं

मुझे दिवाना समझने की ना भूल करना
मेरी सनक से तुम कभी इतना ना डरना

मैं तो जिस्म हूँ तुम्हारी सांस, हर धड़कन हूँ
तुम जिस मिट्टी से बनी हो, वो कण-कण हूँ

ना चाह कर भी तुम्हें, मुझे चाहना ही होगा
मैं ना सही, मेरी तस्वीर को दुलारना ही होगा

मुझे भूल जाना भी शायद तेरे बस की बात नहीं
मैं तुमसे दूर रहूं, यकीनन ये तेरे हक में नहीं

तो फिर मान लो तुम, लगा लो मुझको गले
तेरी आंखों का ये नूर मुझ पर सदा फूले-फले

- सूर्य कुमार उपाध्याय

तेरी आंखें

तेरी आंखें चकरघिन्नी हैं,
जाने किसे ढूंढती रहती हैं,
कोई बेगाना मिल जाए तो,
उसे एकटक घूरती रहती हैं।

कल कोई कह रहा था,
तेरी ये आंखें शराबी हैं,
मैं कसम से कहता हूँ,
तेरी आंखें इंकलाबी हैं।

तू जिधर से गुजरती है,
मानो हुजूम जुट जाता है,
जी भर के जिसे देख लो,
वो सरे-राह लुट जाता है।

लेकिन ना जाने मुझे क्यूं,
तुम पर इतना भरोसा है,
मैं मस्त मगन हवा हूँ तो,
तू मस्ती भरा एक झोंका है।

तुम्हें जब तक ना देख लूं,
मुझे चैन नहीं आता है,
तेरा हर रूप मेरे दिल को,
सचमुच बहुत भाता है।

तू मेरे दिल की धड़कन है,
तू मेरी आती-जाती सांस है,
कभी तो मेरी बनेगी तू,
बस रब से यही एक आस है।

तू मेरी फेसबुक पेज है,
तू मेरी ब्लॉग, ट्विटर है,
मैं पूस का जाड़ा हूँ तो,
तू मेरी गर्म स्वेटर है।

जाने किस-किस नाम से,
तुझे मैं सवारूं और पुकारूं,
सोचता हूँ तुम जीतती रहो,
और मैं तुमसे हमेशा हारूं।

एक बार मुझे भी देख ले,
तेरी आंखें क्यों शर्माती हैं,
हां, गांव की अल्हड़ लड़कियां,
सचमुच मुझे बहुत भाती हैं।

- सूर्य कुमार उपाध्याय

तेरी औकात क्या है बंदे

तेरी औकात क्या है बंदे
मैं हूँ वर्दी में, हाथ में हैं मेरे डंडे
हम खाकी में ही रहते हैं जनाब
हमारा तू कुछ नहीं बिगाड़ पाएगा
पर तू बर्बाद निश्चित ही हो जाएगा
रोएगा जिंदगी भर ऐसे ही क्योंकि
तुझे फंसाने के हैं मेरे पास भाई
एक नहीं सौ नहीं, हजारों हथकंडे
तेरी औकात क्या है बंदे
मैं हूँ वर्दी में, हाथ में हैं मेरे डंडे।

मेरे पास पुलिसिया खाकी टोपी है
सरकार ने मुझे प्रशासन सौंपी है
घर करवा दूंगा कुर्क तुम्हारा
जिस पर पसीने की कमाई थोपी है
अकड़ हो जाएगी ढीली तेरी
हो जाएगी पतलून गीली तेरी
नियम-कायदों की तो बात ना कर
क्योंकि हम हैं गुण्डों के भी गुण्डे
तेरी औकात क्या है बंदे
मैं हूँ वर्दी में, हाथ में है मेरे डंडे।

बड़ा बेशर्म है, बड़ा ही लीचड़ है
महल तो बनाया बड़ा ही भीषण है
लगता है कमाया है तूने मोटा माल
अब हम तुम्हें करेंगे ठीक से हलाल
तेरे ऊपर हाथ साफ करना जरूरी है
तुझे लूटे बगैर अपनी लूट अधूरी है
घर के हर कोने को साफ कर देंगे
देखो कैसे खाली होते हैं हड़िया-हंडे
तेरी औकात क्या है बंदे
मैं हूँ वर्दी में, हाथ में है मेरे डंडे।

देख हमसे तो डरता है सारा जमाना
कितना कमाते हो, सीखो हमसे कमाना
घर चलता है अपना वसूली के धंधे से
धन-लक्ष्मी का रोज होता है आना-जाना
बुलेट में पेट्रोल भी मुफ्त में भराते हैं
भोजनालय पर खाना फ्री में खाते हैं
बड़े-बड़े कारनामे अपने साथ जुड़े हैं
लूटने के मामले में हम हैं मथुरा के पंडे
तेरी औकात क्या है बंदे
मैं हूँ वर्दी में, हाथ में हैं मेरे डंडे।

भेजा खराब है तेरा, गड़बड़ है तेरा मुंडा
ऐसा कस कर तुझे जोरदार डंडा दूंगा
जिंदगी भर नहीं भूल पाओगे मिली चोट को
मुझे लोग प्यार से कहते हैं सरकारी गुंडा
हम पिटाई नहीं जमकर धुनाई करते हैं
जैसे गद्दे वाले रजाई में रूई भरते हैं
हमारी कारगुजारियों से तुम्हारी भेंट नहीं है
हमने गाड़े है अपने करनामों के बेहिसाब झंडे ।
तेरी   औकात   क्या   है   बंदे
मैं हूँ वर्दी में, हाथ में हैं मेरे डंडे

- समृद्धि उपाध्याय

तनहाई के उस आलम में

तनहाई के उस आलम में
जब कोई साथ न होगा
तेरा मेरे, मेरा तेरे
हाथों में हाथ न होगा
मैं तुमको याद करूंगा
तुम मुझको याद करना

जब बरसेगा ना पानी
और मन जब हो उदास
नैन मेरे बरसेंगे
मिलने की होगी आस
मैं तुमको याद करूंगा
तुम मुझको याद करना

यादें होंगी भीगी-भीगी
और जब खले जुदाई
तस्वीर को मेरे तकना
मेरे सजना ओ सौदाई
मैं तुमको याद करूंगा
तुम मुझको याद करना

धड़कन जब मंद पड़ने लगे
और कोई हो ना पास
हर क्षण भारी लगने लगे
जीने की बचे ना आस
मैं तुमको याद करूंगा
तुम मुझको याद करना

- सूर्य कुमार उपाध्याय

अटल अटल थे

जो ठान ली, सो ठान ली,
जो कर गए, जिस काल में,
वो आज भी यथार्थ है,
वो धैर्य की पहचान हैं।

कालचक्र की कोख से,
जन्में अटल अभिमान से,
कालजयी सत् युगपुरूष,
संघर्ष के प्रतिमान थे।

प्रेरणा थे नई पौध के,
थे कृष्ण सरीखे सारथी,
मानवता के रक्षक थे,
राजनीति के थे महारथी।

राजनीति के चाणक्य थे,
संसद के थे अमूल्य निधि
अनमोल रतन राजनीति के,
वह आज भारत रत्न हैं।

भारत को गौरव दिला,
समा गए इतिहास में,
वो अटल पथ तैयार कर
खो गए अनंत आकाश में।

- समृद्धि उपाध्याय